SPRAY PATCHWORKS

Luoamie SPRAY

9隻孤貓的宿舍

KITTIES HOSTEL

孤貓

第三本書終於面世！

我是不是要先介紹我家九隻貓？好吧，牠們分別是夕夕、僵僵、哥哥、妹妹、瞳瞳、豆豉、豆花、豆奶、豆腐。

如果你有看過前兩本孤貓書《如果我們沒有遇上》與《假如失去了你們》，你應該很清楚九隻孤貓的關係。

為什麼第三本貓書叫《九隻孤貓的宿舍》？因為我其中一本作品《九個少女的宿舍》的關係，最初，《九隻孤貓的宿舍》只不過是搞笑成份，用來宣傳《九個少女的宿舍》，然後我在想，孤貓住在孤泣工作室一天二十四小時，這裡不就是牠們的宿舍？甚至是牠們的世界嗎？最後我決定了第三本孤貓作品，就叫《九隻孤貓的宿舍》！

我寫這篇文章時，豆豉與夕夕正在我的書桌睡覺。

有很多人說作家都會養貓，不過，像我養九隻的作家，應該不多了，嘿。牠們是我快樂的來源，同時也是騷擾我的力量，嘿。有時，只要看著牠們，不知不覺就會過了很長時間，那時才發現，啊！我還未完成本小說！要趕稿！

雖然牠們經常騷擾我，不過，孤貓同時給我很多的樂趣，我回憶起沒有養貓的日子，我真的不知道是怎麼過的，因為寫小說不像「看小說」一樣有樂趣，只有一個人去創作，有時也會覺得很

「寂寞」，不過，有了牠們就變得一點都不寂寞，牠們跳來跳去，讓工作室充滿了生氣。

當你遇上愈來愈多「人」，你就會發現「貓」比人類好上千倍，牠們就像我們人類的家人一樣，無論每天過得多辛苦，牠們都陪伴著你渡過辛勞的每一天。

也許，牠們只是在睡覺，有時還會不理你，甚至不想你接近，不過，只要看著牠們那個「不情願」的樣子，你就會會心微笑。

上天把貓這種生物賜給了人類，是最大的仁慈與恩賜。

如果世界上沒有貓？

我想，會有很多人類在痛苦之中，繼續痛苦下去。

孤貓我愛您們！

「就算，手臂傷痕都是貓爪，
　　　不過，世界上不能沒有貓。」

Lwoavie Ray

孤泣

KITTIES HOSTEL

Contents

Chapter 01 🐋
我們要搬家

搬家 Move!Move!Move!

孤貓第一次搬家,簡直是大工程,我們先要把傢具搬走,
然後留牠們一晚,安置好新工作室,才可以把牠們搬到新家。
把傢具搬走時,豆家三姊姊都很害怕,躲在其牠貓的後面,
不過,真的很可愛!
牠們不出一星期,已經習慣了新環境,而且比之前的工作室更
喜歡新的工作室,貓的適應力,真的很厲害。

好吧, 新的工作室將會
成為我們九隻孤貓的宿舍!

一個人,
九隻

我們 our!

來到新工作室之後，牠們極速適應，奴才也沒想到這麼快。
而且很明顯地，牠們比從前更開心，可能是地方大了的關係，而且
每天早上也可以在落地玻璃前曬太陽，而且地板有凹凸紋，牠們
都很喜歡躺在地板，無憂無慮地過每一天。

是咪咁？

跟我做個表情！豆腐！

陪伴工作 My Working Partners

孤貓們一向很喜歡走上我的書桌「搗亂」。

新環境當然沒有例外。在每個風和日麗的下午，我在被「監視」之下，不，是被監督之下，終於努力去寫書，養這九隻「化骨貓」。

我總是覺得，其實牠們是想陪伴著我工作，就像在叫我「努力！」一樣，嘿。

監督中，豆腐在做什麼？

天氣不錯，喵～

我不明白，當要專心寫作時，
主子們便會走過來……

陪伴奴才簽名
Accompany Me

上一年因疫情關係，沒了書展，
改為網購。
因此搬往新工作室後，首要任務
便是把作品先運往工作室，然後
逐一簽名。
看看如「城堡」般的場面！
孤貓們就像發現新大陸一樣，
而且還在書上還留下不少貓毛，
讀者們你們不介意吧？

Sun flower

戀愛
Love!Love!Love!

「真愛 ♥」

當你女朋友愈來愈肥，始壓住你睡覺，肥到開繼續睡覺，而你又不介意，這⋯⋯就是

愛する

大佬夕與妹妹愈來愈恩愛！

有時我會想，如果牠們變成了人類，一定是一對很讓人羨慕的情侶。牠們的性格非常合得來，夕夕是一隻很 COOL 的貓，而妹妹就是小鳥依人，牠們簡直是天生一對。

牠們能夠在一起生活，一起成長，一定是上天的安排。

幸せな妹。
So Sweet

兄弟
Brother

兩兄弟的眼神，簡直一流！

大佬夕除了是妹妹的男朋友，也是豆豉的大佬，牠們的關係也很好，夕夕會經常舔豆豉，好像在說：「細佬！有大佬在你不用怕！」

① ②

③

不用怕！我只想你當我的枕頭！

有一件事，早前鬧得熱烘烘，就是寵物展一隻柴犬吠死貓 BB……
這不是「意外」，是「人為」的，是主人的問題，狗咬死小貓是錯，但有罪的
是主人，根本有「無數個」方法讓事件不會發生。
我養大三隻貓 B，我非常非常明白貓 BB 奴才的感受與痛心，我覺得需要追
究到底，要讓狗主得到應有的懲罰。自己的寵物是家人，但別人的寵物也是
家人，而不是「玩具」。
希望貓 BB 卷卷可以在天上一直守護牠的家人。
牠的離開能夠讓更多寵物主人反思，「意外」是可以避免的，
希望大家明白，如果知道自己的狗會吠其他動物，就戴上口罩，
如果知道自己的貓根本很怕多人的場合，就別要帶牠們出街。
別要說「我不知道會有這些意外發生！」，錯了，一起生活，
主人絕對知道寵物的「性格」，所以，這才不是「意外」。

RIP.
孤泣字

Chapter 02
9隻孤貓的生活

萬聖節 Halloween

萬聖節當然要來個「扮嘢大賽」，你覺得
哪一隻扮得最可愛？

KISS KISS !

我是吸血殭屍小花！

鬼滅之貓
きめつのやいば

「水之呼吸！」
你最喜歡哪隻「鬼滅之貓」？買了鬼滅的衣服給牠們 COSPLAY，
沒想到孤貓又著得幾好看，你最喜歡哪一隻貓貓的 COSPLAY？
不過，這一隊一定是最懶惰的鬼殺隊，都不去工作的。
來！一起來看看最懶惰的鬼殺隊，鬼滅之刃！
不……

是鬼滅之貓！貓之呼吸！

最懶惰的鬼殺隊。

豆豉與瞳瞳像不像兩兄妹？

史上最肥的禰豆子。

我沒有被討厭。

必殺，雷霆一閃！

洗澡記
Take a shower

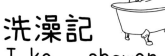

你有沒有試過幫貓洗澡？

你有沒有過試過幫「九隻」貓洗澡，簡直就是一場「戰役」！好吧好吧，
一年才洗一次，你們別要掙扎了！

快來洗白白！

Chapter 03
豆氏家族

老公老婆
husband and wife

我老婆生了三個小女孩，很辛苦！

一黑一白。

夕夕與妹妹是情侶，而豆豉與瞳瞳就是夫妻了。牠們最幸福的是生了三個可愛的女兒，而且三個女也很錫爸爸媽媽，這是一個最幸福的家庭！

牠們一家人，一起生活、一起成長，絕對不會分開。

這就是「家庭」的真正意思與意義。

老公，望鏡頭。

……

如果，這一年沒有貓……

這年，如果沒有貓，我可能已經忘記了什麼是「笑容」。

「你有沒有試過，無論做任何的決定與選擇都好像是錯的？」

完全沒法控制，所有事情都在意料之外，全部計劃都沒法完成。這種心情有沒有人能夠明白？

這一年，就是在這樣心情、這樣的景況中渡過。

心情低落到想放棄所有一直堅持的事，內心痛苦到甚至想如果死去會更好嗎？

然後，我看著牠們。

我看著我的貓。

牠長肉變肥了，我笑了。

牠上了沙盤去廁所，我笑了。

牠打了一個呵欠，我笑了。

牠舔著毛清潔自己，我笑了。

牠很舒服地被我理毛，我笑了。

牠睡著了一動也不動，我看著牠，我笑了。

牠用一個鄙視眼神看著我，我笑了。

牠被我抱起，然後用討厭的目光看著我，我笑了。

牠看著玻璃窗外飛過的蝴蝶發出奇怪的聲音，我笑了。

牠四處走，把我的東西弄掉壞了，我笑了。

牠看著我手上的零食，喵喵喵喵叫，我笑了。

牠從高處掉下來，然後扮沒事發生繼續走，我笑了。

牠因為天氣冷睡在一起，我笑了。

牠因為天氣冷跳到我大腿上取暖，我快掉下眼淚，我……笑了。

我笑了。

這一年，是忘記什麼「笑容」的一年，同時，也是我笑得最多的一年。

在逆境中，我們更需要找尋「快樂的原因」，別要嗜入「不幸」的洪流之中，轉換心情的確是很困難，不過，我們也要盡力去嘗試。

我的快樂原因是牠們，你呢？

你找到快樂原因了嗎？

或者，世界少了你也無妨，不過，你可能卻是某些人、某些牠們的「整個世界」。

「找尋快樂的原因，淡忘自己的不幸。」

下一年會變得更壞嗎？

笑著面對。

孤泣字

搬家時，一家人坐手推車。

我們這一家
Our Family

這一家人，

有時會打架，又會爭吃罐罐，不過，他們從來也沒有「隔夜仇」，關係很快又會好過來，如果人類都可以像他們一樣，你說多好。

有時，我們人類更應該學習貓，他們或者沒有人類一樣聰明，不過，他們卻是比人類更重家庭關係的動物。

你們一家，要快樂生活下去，知道嗎？

我三個女，不過沒有一隻是黑色的！

你們一家人走上去做什麼？

最幸福的一家人。
最も幸せな家族

爸爸與囡囡
Dad and daughters

很多人問，豆豉爸爸知不知道三姊姊是牠的女兒？

其實我覺得牠不知道，不過，牠們三姊妹身上都有瞳瞳的味道，所以
豆豉都愛錫牠們三姊妹。

父愛。

或者，大家都會比較重視母愛，不過，父親永遠也是默默愛著家人……

豆豉就是一個這樣好爸爸。

一天一天長大

這麼快，豆氏家族三姊妹已經一歲半大，大家來看看牠們的變化。

真的很難得，由牠們三個出世，看著牠們一天一天長大，由細細隻變成現在已經比牠
們父母更大隻，而且牠們的感情也很好，在孤貓工作室，最活躍就是牠們三隻貓，
牠們讓孤貓工作室變得很有生氣！

牠們除了是豆豉與瞳瞳的女兒，我還覺得牠們是上天賜給我的小天使，當心情不好的
時候，看著牠們，無論牠們是在睡覺，還是做其他古怪的行為，我就會傻笑，心情就
會轉好。

出現一份「幸福的感覺」。

在這個壓力極大的社會中生活，「能夠笑」已經是一件很奢侈的事，所以，牠們不是小
天使，還會是什麼？

永遠愛你們，貓孤們！

**「奴才爺爺會陪伴妳們由女孩變成少女，然後由少女變成老太婆，
我會一直陪伴著妳們成長。」**

孤泣字

書櫃一貓一格，不用爭了。

媽媽與囡囡
Mon and daughters

**本來任性的小公主瞳瞳，
現在已經變成了女皇了。**

三姊妹都是由牠一手養大，
母愛的偉大不用置疑，現在
三個女都比牠更大隻了，吸
收了父母的良好基因。

瞳瞳非常愛三個女，那一種
愛平常未必可以看出來，不
過，當三個女生病的時候，
牠是第一個走到牠們身邊的
貓。

**任何生物的母愛，都是世
界上最偉大的。**

果然是母女，
最愛就是紙箱。

隊形一致·已經準備好梳毛。

LIVE ☺
LAUGH
LOVE ♥

Chapter 04
豆家三姊妹

花

腐

奶

三姊妹 sister

這麼快，三姊妹快要兩歲了！

這三個小天使每天都帶給我們很多歡樂，如果沒有牠們三個，孤貓工作室就不會這麼熱鬧，牠們的好奇心非常強，而且最愛搗蛋，讓工作室充滿生氣！

豆花、豆奶、豆腐三個已經長大，甚至比爸爸媽媽更大隻了，不過，牠們依然像小孩子一樣可愛！

我真想知道，是不是因為牠們是我的貓，才會覺得牠們比其他貓可愛呢？嘿。

由小戴到大的三條頸帶。

你們三個走入廁所做什麼？

我們要去街街？

快快來宣傳一下爺爺的書！

你們爬這麼高幹嘛?

Every day is also a good day!

好姊妹

三姊妹的感情好到痴線！

牠們就像是三位一體一樣，雖然經常打架，不過很快又會好過來。或者，牠們腦海中沒有「姊妹」這個詞語，不過，奴才可以非常肯定，牠們就是人類所說的「好姊妹」。

一起出生、一起成長、一走老去，牠們會永永遠遠在一起。

豆腐在按著家姐豆花的波子頭。

豆奶與豆腐等待出門的可愛樣子。

豆花

在所有人眼中，牠是最可愛，最受歡迎嗎？

孤奴才說牠是最黐人的一隻貓咪，經常坐在牠大脾上睡覺的！可以我覺得牠完全不黐我，我認為牠是最不黐人的，大概可能是不太喜歡我，因為我經常逼牠吃藥。

有一次牠從高空墮下，把我檯上的湯打翻了，被我狠狠的罵了一頓，還把牠醜照發上 ig 了……

難道這樣，所以不喜歡我了嗎？哈哈！

思婷字

豆奶

奶是唯一經歷過一場大病的孤貓。

差一點就在生死邊緣，醫生還說只有幾個月命，建議我們人道毀滅，幸好，我們都沒有放棄，天天加倍照顧。現在非常健康了，還變成了現在的健康活潑巨 B！因為現在比爸爸媽媽更大隻了，哈哈～～所以凡事也不要輕易放棄！

我們捱到了，豆奶也捱到過來了，十分感恩～～

思婷字

豆腐

最早發情就是這個肥妹了，也是唯一一個能享受過交配的過程了，哈哈。

大家如果有緊貼著孤貓 YouTube 頻道就知道了，哈哈～～豆腐的情人就是 oppa 了，oppa 三番四次也試著搞豆腐，可惜不成功，豆腐也成功絕育，oppa 再沒有機會了，嘻嘻。豆腐絕育之後，變了巨型師奶，每次跑起來也有一種地震的感覺……

大家幻想到了嗎？

思婷字

絕育

三姊妹已經在一歲三個月時絕育了。
牠們因為麻醉藥過去，瞳會放得很大，超可愛！
或者，絕育不是由貓貓自己選擇，不過，絕育是必要的。
對不起了三貓妹，妳們要健健康康成長！

豆花是不是貓公仔？

豆腐瞳孔放大到眼白也不見了。

助けて！

豆花肚皮的毛都剃去了。

豆奶可愛的驚驚樣。

Chapter 05
孤貓相集

孤貓相集

拍下來九隻孤貓日常。
希望牠們在這個亂世中，能夠給你一點快樂，讓你們
的臉上出現微笑。
每天都會給你們愉快的心情，去渡過每一天！

Take
the pictures
please

あなたのために写真を撮る！

豆花

My Life
豆花的生活日常！

豆花｜ 處女座
生日｜ 8 月 31 日 2019 年

Q：豆花知不知道自己是家姐？

A： 我想牠不會知道，可能瞳瞳媽媽會跟牠說吧！
嗯，不過瞳瞳媽媽會知道牠是大家姐？

Very hungry!!

你要罐罐，
請先讓我工作
……

ZZZ...ZZZ...

圓波波的頭,是阿花標記!

Q：九隻貓誰最哆？

A： 不用猜了，就是豆花！牠經常坐在我的大腿上，
又要我幫牠搔癢。每當我停下來時，牠就會用
可憐的眼神看著我，好像叫我別要停下來似的！
牠的叫聲也很哆，所以最哆是豆花。

豆奶

My Life
豆奶的生活日常！

豆奶｜ 處女座
生日｜ 8 月 31 日 2019 年

Q：讓我最感動與崩潰的事？

A：太多了。

最感動我會想起豆奶 FIP 腹膜炎醫好了，打完
80 多日針，的確是很感動的，看著牠由病貓慢
慢好轉過來。另外感動的是瞳瞳生了三個小女孩。
而最崩潰的是，有時看到牠們隨處小便，之前還
試過整部 iMac 也被推落地下。我覺得牠們在訓練
我的氣量，生牠們的氣也沒有意思，牠們是貓，
貓的天性就是這樣，讓我對人都產生了一份「原諒」
別人的心。

Please
help me
open
the door!

好的！我的獎座給
阿奶拿來磨牙！

My Life
豆腐的生活日常

豆腐 | 處女座
生日 | 8 月 31 日 2019 年

炸毛的豆腐！炸豆腐！

Q： 孤貓是什麼味道？？

A： 孤貓是什麼味道？有時是維他奶味、
有時是蜜瓜味、香蕉味、士多啤梨、
牛肉味都有，什麼味也有！
今天豆腐是牛肉乾味！

手手好吃！

聖誕豆腐 Look！

Yeah!! Yeah!!

No Milk
No Life

Milk

瞳瞳

My Life
瞳瞳的生活日常

瞳瞳｜巨蟹座
生日｜7月8日 2018年
領養｜9月21日 2018年

瞳介紹返，瞳瞳妹妹，瞳懵。

Look at me

長大後的瞳瞳，還是保持小公主的脾性！

別惹我！

Q： **瞳瞳有 BB 時，你是怎樣的心情？**

A： 記得那天在診所，我們入到一間黑房，
醫生開著一個超聲波圖，他說這裡有
一隻那裡有一隻，一共有三隻，當時覺
得很神奇！看著牠們在動，牠們都未
成形，我覺得很 Amazing！生命是很
有趣的事，瞳瞳是陪著我一起長大，牠做
了媽媽，我就成為了爺爺了！

Amazing !!

豆豉

My Life
豆豉的生活日常

豆豉 | 獅子座
生日 | 7 月 30 日 2018 年
領養 | 10 月 5 日 2018 年

Black Black Black

我會叫牠做賴尿王！為什麼？

因為牠基本上，毛巾、貓床、貓床架、貓抓板、洗手盆、書本、地下、紙皮等等，甚麼能去的地方也賴過尿！每一次賴尿後，都裝出一副不是我、不關我事的樣子，可是，怎會可能不知道是你呢，你是慣犯了～～

教訓牠也不懂，一副可愛的樣子，真的都沒有辦法了……只好……奴才來清理吧。

思婷字

因為有這個漂亮媽媽，
才會有三個漂亮的女兒！

Sweet
Family

黑色聖誕老人！

My Life
夕夕的生活日常

夕夕 | 獅子座
生日 | 8 月 15 日 2015 年
領養 | 3 月 2 日 2018 年

Big bouther

世界真的太多賤種！

自從搬了工作室後，

夕夕也很喜歡走出走廊散步，每一次愈走愈
遠，一去不返的樣了，哈哈。每天早上一回到工
作室，打開門第一眼就見到夕夕，因為一個不
留神，大佬夕就會從門口跑出去！

大概夕夕應該是只要聽到門外有聲，就會知道
有人回來，牠就會立即站在門口，準備起跑姿
勢，on you mark, get set go！

每天與夕夕的競賽，哈哈！

思婷字

Q：孤貓是怎麼領養？

A： 第一隻夕夕我們是在網上看到貼文，
在籬笆村 FB PAGE 領養，僖僖也是
由網上義工領養回來，牠以前很瘦，
現在已經變成肥貓了。可能因為我作
家的身分，義工知道我有養貓，之後
義工會聯絡我同事，說有貓被遺棄又
或是需要幫助，之後我們就領養哥哥、
妹妹、瞳瞳、豆豉都是這樣。
都是那一句：「領養不棄養！」
所有棄養的人，都必遭天譴！

僖僖

RELIABLE EGG CARRIER
Manufactured by the
RELIABLE INCUBATOR

My Life
的生活日常

僖僖 | 白羊座
生日 | 4 月 16 日 2016 年
領養 | 4 月 16 日 2018 年

僖僖五歲生日快樂！

大家也知道僖僖是街貓，

所以牠對甚麼事情都沒有大不了，基本上甚麼人也不怕，來吧，隨便帶牠
走也行，哈哈～～～

牠不怕人之外，還喜歡依附在別人的物件上，襪子、外套、袋子，還有別人
的大髀！牠最愛坐在別人的物件上，第一次見面也可以輕易混熟，牠坐在
上面逗人摸牠，讓人喜歡。

如果牠是人的話，牠會是一個很會討人喜歡的人！

思婷字

哥哥

My Life
哥哥的生活日常

哥哥 | 水瓶座
生日 | 1 月 23 日 2018 年
領養 | 5 月 23 日 2018 年

非常膽小的貓！

如果要形容牠為人的話，我曾說牠是一位自閉症青年，又或是一個在學校經常被欺負的小肥子，膽小鬼。為什麼這樣說？

因為不知道甚麼時候發現哥哥的鬚短了，後來才發現，夕夕有時候在扮舔哥哥，然後咬斷牠的鬚！也不知道說哥哥是善良還是笨，鬚子被咬光光了也不知道！

哈哈笨蛋！

思婷字

因為我不喜歡拍照！我很少出場！

我也會照顧小妹妹！

Black White

妹妹

My Life
妹妹的生活日常

夕夕｜獅子座
生日｜8 月 15 日 2015 年
領養｜3 月 2 日 2018 年

轉死性了～～妹妹終於能抱起了！

雖然只有一秒，但已經是很大的進步了！

每天也黏住夕夕睡覺，夕夕在牠旁邊，感覺個子小了，因為妹妹太胖了，
不知道牠的肥肉到底是從何以來？明明九隻貓吃的都是一樣！對比起妹妹
以前的照片，現在牠胖得像個波一樣～哈哈

最新的體重已經是 5.6kg 了～～

思婷字

妹妹，
是不是含著什麼？
還是你只是肥？

不要拍！
我們不是在偷情！

Chapter 06
孤貓雜錦 SHOW

Q：誰最大食？誰最喜歡喝水？

A： 最大食不用猜了，一定是肥妹瞳！牠試過一隻貓吃八個碗份量的貓糧，另外八
隻就吃一個貓碗！因為我們孤貓不是太搶東西吃，所以瞳瞳一隻吃八碗，最大
食是牠！至於最喜歡喝水應該是豆豉，豆豉經常用手玩水然後就會喝水，
牠很喜歡喝水，之後牠的女兒豆奶也學牠了。其實我們九隻孤貓都幾喜歡喝
水，所以我們經常加很多新水給牠們。

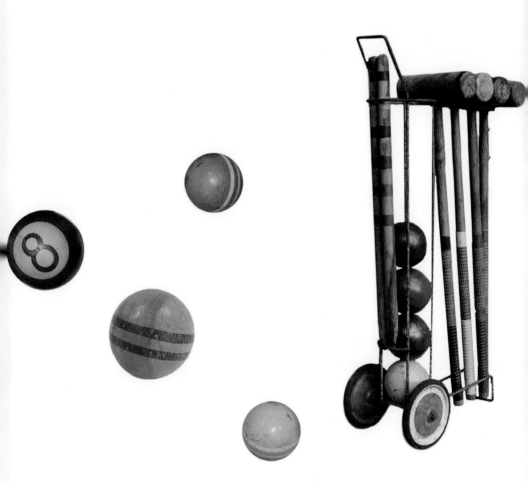

Q：　九隻貓有沒有水火不容？

A：　牠們每都會打架！牠們有時是玩，有時是睡醒不高興，不過牠們從來也不會出爪，
　　　不會傷害其牠貓，如果要說打最多的是……豆豉比較善良，比較經常被欺負。

Q：　奴才你最喜歡哪隻貓？最心疼哪一隻？

A：　我喜歡哪隻貓？其實真的很難選擇，經常有人問我，其實每隻也是自己仔女，很難
　　　定最喜歡誰。不過有一點可以肯定，哪隻貓生病我就最心疼哪隻貓、最錫牠。我想
　　　是人之常情吧，你要我選一隻最愛我選不到。

Q： **送走孤貓會不會不捨得？**

A： 不用想了，牠們是我的家人、我的孩子、我的孫兒，如果被人帶走了，你說我會不會不捨得？絕對是痛苦吧。我的想法是，我不會把我的孩子送給人養，就算我窮、就算我要賣出自己個腎去換錢養牠們，我都會繼續養牠們，因為牠們是我的孩子與孫兒。

我想我如果沒有了個腎、沒有了孤拉工作室，什麼也沒有也好，我都想跟牠們一起生活，我不會放棄牠們，因為是有感情的。老實說，第一年養貓我未必會有這感受，但當我養牠們兩年三年四年之後，牠們根本就是我的家人，沒可能把自己家人送給人養？什麼年代？

Q： **哪隻貓最嘴刁？**

A： 一定是瞳瞳，瞳瞳是會揀飲擇食，可能是牠的牙齒不好，所以牠比較喜歡吃軟的東西，有時開一些零食硬一點，牠也不會吃了，最嘴刁是瞳瞳。

Q： **每隻貓的使費是多少？**

A： 很多有人問我這個問題，其實貓糧與用品等等都是有限錢，最大的支出是看醫生，如果牠們生病了醫藥費真的很貴，人類看一次醫生都是二三百元，貓至少也要六七百元，最大的使費就是貓生病了，用的錢是非常多，之前豆奶 FIP 腹膜炎，一小樽的藥要一千元，還要打八十四日針，所以，當牠們生病時是用最多的錢。

之前僖僖住院兩天就要二萬元，哥哥做個小手術又一萬五，最大使費一定是看醫生，因為我們不能不救牠們，牠們是我的家人。所以用錢最多不是日常生活，而是看醫生的錢。

Q： **有沒有數過每隻貓有多少條貓鬚？**

A： 有沒有數過每隻貓有多少條貓鬚？哈哈，有多少貓鬚？我數數，一二三四……算了，數不到！

Q： **如果九隻孤貓變成人類，第一件事做什麼？**

A： 我會幫牠們買衫，因為牠們現在是裸體，哈哈！

Q： 如果遇上非救不可的貓，會不會收牠成為第十隻成員？

A： 如果是非救不可，我們還是會收養的，誰可以見死不救？

Q： 下班與放假時，會不會不捨得孤貓？

A： 當次我回家之後，第一件事就是打開我的 iPad，用 CAM 看著牠們。每一晚都是這樣，如果我在寫書就會放在我電腦桌上看著，看著牠們減少掛心。

Q： 如果孤貓跟你媽媽一起掉下水，你會先救誰？

A： IQ 問題嗎？我的答案是，我先救我媽，然後再跳回去大海，跟孤貓生的一起生、死的一起死！

WORLD'S BEST KNOWN
QUALITY MOTOR OIL

孤貓 SPECIAL

特別放送 DIARY

MONTHLY SCHEDULE

1	2
3	4
5	6
7	8
9	10
11	12
13	14
15	16
17	18
19	20
21	22
23	24
25	26
27	28
29	30
31	

2021 CALENDAR

01January
M T W T F S S
      1 2 3
4 5 6 7 8 9 10
11 12 13 14 15 16 17
18 19 20 21 22 23 24
25 26 27 28 29 30 31

02February
M T W T F S S
1 2 3 4 5 6 7
8 9 10 11 12 13 14
15 16 17 18 19 20 21
22 23 24 25 26 27 28

07July
M T W T F S S
    1 2 3 4
5 6 7 8 9 10 11
12 13 14 15 16 17 18
19 20 21 22 23 24 25
26 27 28 29 30 31

08August
M T W T F S S
          1
2 3 4 5 6 7 8
9 10 11 12 13 14 15
16 17 18 19 20 21 22
23 24 25 26 27 28 29
30 31

2022 CALENDAR

01January
M T W T F S S
        1 2
3 4 5 6 7 8 9
10 11 12 13 14 15 16
17 18 19 20 21 22 23
24 25 26 27 28 29 30
31

02February
M T W T F S S
1 2 3 4 5 6
7 8 9 10 11 12 13
14 15 16 17 18 19 20
21 22 23 24 25 26 27
28

07July
M T W T F S S
      1 2 3
4 5 6 7 8 9 10
11 12 13 14 15 16 17
18 19 20 21 22 23 24
25 26 27 28 29 30 31

08August
M T W T F S S
1 2 3 4 5 6 7
8 9 10 11 12 13 14
15 16 17 18 19 20 21
22 23 24 25 26 27 28
29 30 31

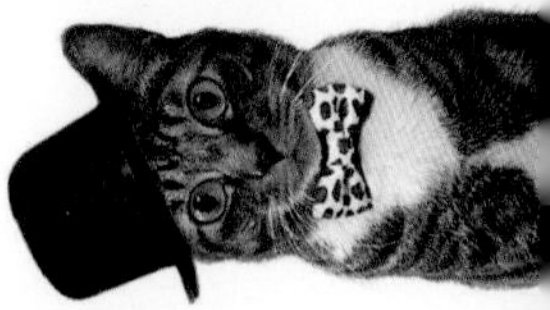

03March

M	T	W	T	F	S	S
1	2	3	4	5	6	7
8	9	10	11	12	13	14
15	16	17	18	19	20	21
22	23	24	25	26	27	28
29	30	31				

04April

M	T	W	T	F	S	S
			1	2	3	4
5	6	7	8	9	10	11
12	13	14	15	16	17	18
19	20	21	22	23	24	25
26	27	28	29	30		

05May

M	T	W	T	F	S	S
					1	2
3	4	5	6	7	8	9
10	11	12	13	14	15	16
17	18	19	20	21	22	23
24	25	26	27	28	29	30
31						

06June

M	T	W	T	F	S	S
	1	2	3	4	5	6
7	8	9	10	11	12	13
14	15	16	17	18	19	20
21	22	23	24	25	26	27
28	29	30				

09September

M	T	W	T	F	S	S
		1	2	3	4	5
6	7	8	9	10	11	12
13	14	15	16	17	18	19
20	21	22	23	24	25	26
27	28	29	30			

10October

M	T	W	T	F	S	S
				1	2	3
4	5	6	7	8	9	10
11	12	13	14	15	16	17
18	19	20	21	22	23	24
25	26	27	28	29	30	31

11November

M	T	W	T	F	S	S
1	2	3	4	5	6	7
8	9	10	11	12	13	14
15	16	17	18	19	20	21
22	23	24	25	26	27	28
29	30					

12December

M	T	W	T	F	S	S
		1	2	3	4	5
6	7	8	9	10	11	12
13	14	15	16	17	18	19
20	21	22	23	24	25	26
27	28	29	30	31		

03March

M	T	W	T	F	S	S
	1	2	3	4	5	6
7	8	9	10	11	12	13
14	15	16	17	18	19	20
21	22	23	24	25	26	27
28	29	30	31			

04April

M	T	W	T	F	S	S
				1	2	3
4	5	6	7	8	9	10
11	12	13	14	15	16	17
18	19	20	21	22	23	24
25	26	27	28	29	30	

05May

M	T	W	T	F	S	S
						1
2	3	4	5	6	7	8
9	10	11	12	13	14	15
16	17	18	19	20	21	22
23	24	25	26	27	28	29
30	31					

06June

M	T	W	T	F	S	S
		1	2	3	4	5
6	7	8	9	10	11	12
13	14	15	16	17	18	19
20	21	22	23	24	25	26
27	28	29	30			

09September

M	T	W	T	F	S	S
			1	2	3	4
5	6	7	8	9	10	11
12	13	14	15	16	17	18
19	20	21	22	23	24	25
26	27	28	29	30		

10October

M	T	W	T	F	S	S
					1	2
3	4	5	6	7	8	9
10	11	12	13	14	15	16
17	18	19	20	21	22	23
24	25	26	27	28	29	30
31						

11November

M	T	W	T	F	S	S
	1	2	3	4	5	6
7	8	9	10	11	12	13
14	15	16	17	18	19	20
21	22	23	24	25	26	27
28	29	30				

12December

M	T	W	T	F	S	S
			1	2	3	4
5	6	7	8	9	10	11
12	13	14	15	16	17	18
19	20	21	22	23	24	25
26	27	28	29	30	31	

2021
07July

MONDAY	TUESDAY	WEDNESDAY	THURSDAY
			1
5	6	7	8
12	13	14 📖 書展	15
19	20	21	22
26	27	28	29

FRIDAY	SATURDAY	SUNDAY	
2	3	4	
9	10	11	
16	17	18	
23	24	25	
30	31		

2021
08August

MONDAY	TUESDAY	WEDNESDAY	THURSDAY
2	3	4	5
9	10	11	12
16	17	18	19
23	24	25	26
30	31		

FRIDAY	SATURDAY	SUNDAY
		1
6	7	8
13	14	15
20	21	22
27	28	29

2021
09September

MONDAY	TUESDAY	WEDNESDAY	THURSDAY
		1	2
6	7	8	9
13	14	15	16
20	21	22	23
27	28	29	30

FRIDAY	SATURDAY	SUNDAY
3	4	5
10	11	12
17	18	19
24	25	26

2021
10October

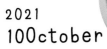

MONDAY	TUESDAY	WEDNESDAY	THURSDAY
4	5	6	7
11	12	13	14
18	19	20	21
25	26	27	28

FRIĐAY	SATURĐAY	SUNĐAY
1	2	3
8	9	10
15	16	17
22	23	24
29	30	31

2021
11November

MONDAY	TUESDAY	WEDNESDAY	THURSDAY
1	2	3	4
8	9	10	11
15	16	17	18
22	23	24	25
29	30		

孤猫 SPECIAL
特別放送 DIARY

FRIDAY	SATURDAY	SUNDAY
5	6	7
12	13	14
19	20	21
26	27	28

2021
12December

MONDAY	TUESDAY	WEDNESDAY	THURSDAY
		1	2
6	7	8	9
13	14	15	16
20	21	22	23
27	28	29	30

孤貓 SPECIAL
特別放送 DIARY

FRIDAY	SATURDAY	SUNDAY	
3	4	5	
10	11	12	
17	18	19	
24	25	26	
31			

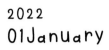

2022
01January

MONDAY	TUESDAY	WEDNESDAY	THURSDAY
3	4	5	6
10	11	12	13
17	18	19	20
24	25	26	27
31			

FRIDAY	SATURDAY	SUNDAY	
	1	2	
7	8	9	
14	15	16	
21	22	23	
28	29	30	

2022
02February

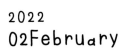

MONDAY	TUESDAY	WEDNESDAY	THURSDAY
	1	2	3
7	8	9	10
14	15	16	17
21	22	23	24
28			

FRIDAY	SATURDAY	SUNDAY
4	5	6
11	12	13
18	19	20
25	26	27

2022
03March

MONDAY	TUESDAY	WEDNESDAY	THURSDAY
	1	2	3
7	8	9	10
14	15	16	17
21	22	23	24
28	29	30	31

FRIDAY	SATURDAY	SUNDAY
4	5	6
11	12	13
18	19	20
25	26	27

2022
04April

MONDAY	TUESDAY	WEDNESDAY	THURSDAY
4	5	6	7
11	12	13	14
18	19	20	21
25	26	27	28

FRIDAY	SATURDAY	SUNDAY
1	2	3
8	9	10
15	16	17
22	23	24
29	30	

2022
05May

MONDAY	TUESDAY	WEDNESDAY	THURSDAY
2	3	4	5
9	10	11	12
16	17	18	19
23	24	25	26
30	31		

FRIDAY	SATURDAY	SUNDAY
		1
6	7	8
13	14	15
20	21	22
27	28	29

2022
06June

MONDAY	TUESDAY	WEDNESDAY	THURSDAY
		1	2
6	7	8	9
13	14	15	16
20	21	22	23
27	28	29	30

孤貓SPECIAL
特別放送 DIARY

FRIDAY	SATURDAY	SUNDAY
3	4	5
10	11	12
17	18	19
24	25	26

2022
07July

MONDAY	TUESDAY	WEDNESDAY	THURSDAY
4	5	6	7
11	12	13	14
18	19	20	21
25	26	27	28

FRIDAY	SATURDAY	SUNDAY	
1	2	3	
8	9	10	
15	16	17	
22	23	24	
29	30	31	

DAIRY
Carefied Fresh
Milk * Cream * Butter

2022
08August

MONDAY	TUESDAY	WEDNESDAY	THURSDAY
1	2	3	4
8	9	10	11
15	16	17	18
22	23	24	25
29	30	31	

FRIDAY	SATURDAY	SUNDAY
5	6	7
12	13	14
19	20	21
26	27	28

2022
09September

MONDAY	TUESDAY	WEDNESDAY	THURSDAY
			1
5	6	7	8
12	13	14	15
19	20	21	22
26	27	28	29

FRIDAY	SATURDAY	SUNDAY	
2	3	4	
9	10	11	
16	17	18	
23	24	25	
30			

2022
10October

MONDAY	TUESDAY	WEDNESDAY	THURSDAY
3	4	5	6
10	11	12	13
17	18	19	20
24	25	26	27
31			

FRIDAY	SATURDAY	SUNDAY	
	1	2	
7	8	9	
14	15	16	
21	22	23	
28	29	30	

2022
11November

MONDAY	TUESDAY	WEDNESDAY	THURSDAY
	1	2	3
7	8	9	10
14	15	16	17
21	22	23	24
28	29	30	

FRIDAY	SATURDAY	SUNDAY	
4	5	6	
11	12	13	
18	19	20	
25	26	27	

2022
12December

MONDAY	TUESDAY	WEDNESDAY	THURSDAY
			1
5	6	7	8
12	13	14	15
19	20	21	22
26	27	28	29

FRIDAY	SATURDAY	SUNDAY
2	3	4
9	10	11
16	17	18
23	24	25
30	31	

想知,想睇我地更多生活片段?
快快去我地個TouTube channel啦!

YT CHANNEL | LWAOVIECAT

仲有我地之前兩部作品，
記得集齊一套！

9隻孤貓的宿舍

孤泣作品

編輯 / 校對　　　　小雨
設計　　　　　　　@rickyleungdesign

出版：孤泣工作室有限公司
　　　香港德士古道212號，W212, 20/F, 5室
發行：一代匯集
　　　旺角塘尾道64號，龍駒企業大廈，10樓，B&D室
承印：美雅印刷製本有限公司
　　　觀塘榮業街6號，海濱工業大廈，4字樓，A室

出版日期：2021年7月　　ISBN 978-988-79940-8-4
HKD **$118**

孤出版